LE

BONHEUR..

OU DONC EST-IL?

Poëme.

PAR B. ANDRIEU.

HAVRE.

J. MORLENT, IMPRIMEUR-LIBRAIRE.

1836.

LE BONHEUR ?

HAVRE. — IMP. MORLENT.

OU DONC EST

LE

BONHEUR ?

Poëme.

PAR B. ANDREU.

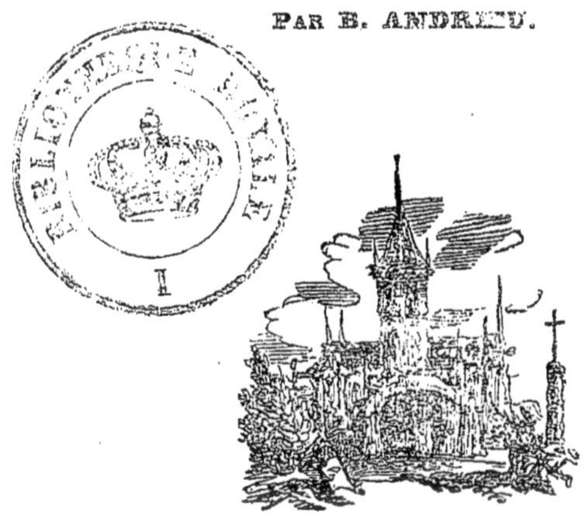

HAVRE.

CHEZ J. MORLENT, IMPRIMEUR-LIBRAIRE,

PLACE DE LA COMÉDIE.

1836.

Pour l'auteur de ce poëme, le Bonheur c'est l'harmonie des cœurs et le pain de chaque jour assuré à tous ; il annonce ce terme comme s'approchant de nous ; il n'est donc pas de ceux qui croient le siècle stationnaire, et quoiqu'il appelle de tous ses vœux un élan plus rapide du progrès, il ne se refuse point à voir que de nombreuses et de vitales améliorations se sont réalisées depuis six années. — La plupart de ces améliorations sont signalées dans les strophes suivantes qui en personnifient les différentes causes dans la volonté du Roi.

A

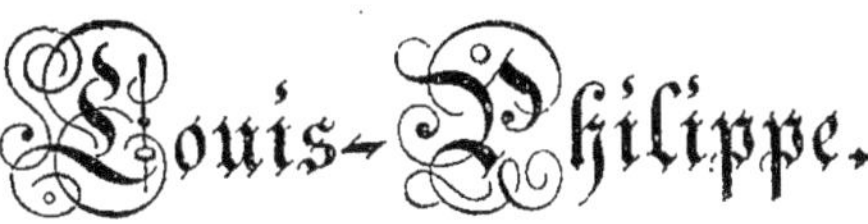

Sire, vous êtes grand, car, roi d'un peuple libre,
Votre bras tient la loi dans un saint équilibre ;
Car, astre dont l'amour ne s'est point refroidi,
Vos regards sont sur nous — seconde providence —
Faisant tomber d'en haut la paix et l'abondance ; (1)
Sire, vous êtes grand car le Peuple a grandi.

Par vous le Peuple enfin se comprend, se fait homme :
Il ne se courbe plus sous l'arrogant fantôme
Que le Passé montrait à ses yeux fascinés.
Il sait que sur les rois sa force plane en reine,
Et que sa volonté, majesté souveraine ,
Est le sacre de Dieu pour les fronts couronnés.

Sur le sol rajeuni de notre belle France
La mère de tout mal, la stupide Ignorance
Ne rendra pas leur germe aux préjugés détruits :
Par vous l'Instruction , (2) comme une tiède ondée ,
Sur le Peuple descend, et, terre fécondée ,
Il s'abreuve des sucs qui font jaillir les fruits.

Dans ses flancs en travail que la sève tourmente
Une création forte, active, fermente :

(1) L'abaissement du prix du pain.
(2) Loi sur l'Instruction primaire, 1832 , présentée par M. Guizot.

La Concorde et l'Amour sur son sein vont germer.
Plaine , qui d'épis d'or sera bientôt jaunie,
De ces riches moissons : Foi , Liberté , Génie ,
Il a senti dans lui l'embryon s'animer.

Du progrès votre règne est l'ère florissante :
Le blé , seul mets du pauvre (3), à votre voix puissante,
Accourt du Nord, trompant l'espoir des oppresseurs.
De lois faites pour tous saintes avant-courrières , (4)
Vos lois de jour en jour ébrèchent les barrières
Que l'Erreur éleva sur les nations sœurs.

L'épouvante et le deuil ne glacent plus la térre ;
Le soldat laisse en paix dormir son cimeterre
Et , d'un fer plus auguste (5) armant ses fortes mains ,
Par d'utiles travaux enrichit la Patrie,
De ses halliers détruits chasse la barbarie
Et sur la France étend vingt sillons de chemins.

La sainte Election (6) pénètre la Commune ,
Pour tous pend du Jury la balance commune,
Et le pauvre à l'espoir ne doit plus dire adieu ;
Car , si l'accusateur partout voit des coupables ,
Le faible , sans amis , jugé par les Capables (7) ,
Attend , dans leur verdict, le jugement de Dieu .

Ainsi vers le Bonheur le torrent nous emporte ;
De quelque point du ciel que Dieu souffle , n'importe ,
Nous avançons ; le temps ne peut pas s'arrêter.
Du vaisseau de l'état vous , Sire , le pilote ,
Vous nous poussez , malgré le flot qui nous ballotte ,
Malgré les mille écueils qu'il vous faut éviter.

(3) Loi sur les Céréales , 1831.
(4) Abolition de plusieurs prohibitions. Ordonnance , 1835 , signée Duchatel.
(5) Application de l'armée aux travaux d'utilité publique , 1833 , proposée par M. Thiers.
(6) Loi municipale , 1831 , présentée par M. Thiers.
(7) Accession des capacités sur les listes du Jury , 1831.

OU DONC EST

LE

BONHEUR.

Oh ! j'ai bien voyagé de désir en désir !
Donne-moi le Bonheur , ai-je dit au Plaisir ;
Et voici : le Plaisir , comme un fruit que l'on presse
A versé dans mes sens le tumulte et l'ivresse ,
Et puis ont circulé vers mon cœur pesamment
La langueur impuissante et l'engourdissement.
Donne-moi le bonheur , dis-je ensuite , ô Science
Fille du doux Travail et de l'Intelligence ;
Et mon œil sur un arbre entrevit des fruits d'or (1) ;
Fougueux , je m'élançai pour cueillir le trésor ;
Je grimpai , je gravis ; d'épines acérées
Les pointes dans mes chairs bientôt furent entrées ,
Je gravis cependant , et quand , tout radieux ,
Je descendais chargé du fardeau précieux ,
Quand je montrai mon or , le vulgaire imbécille
S'attroupait au clinquant colporté par la ville.
Et , comme un cauchemar , le doute sur mon cœur
S'affaissa. Qui pourra me donner le bonheur ,

(1) L'auteur de ces vers est inventeur d'une Méthode intellectuelle
pour l'enseignement des langues.

Criai-je vers le ciel ? ce n'est point la science,
Ce n'est point le plaisir; sera-ce l'opulence ?
L'opulence qui croît aux bords fertilisés
Par l'humaine sueur dont les tient arrosés
Le féroce colon frappant de sa lanière ,
Comme l'on frappe un bœuf, l'épaule de son frère !
Du cœur pur pourra-t-elle étancher les douleurs ,
Cette plante qui boit les sanglots et les pleurs ,
Qui pompe tous les sucs de la terre épuisée,
Qui pour sucs veut du sang, des larmes pour rosée ?
Une voix répondit dans mon cœur combattu :
« Là n'est point le Bonheur où n'est point la Vertu. »
Et pensif , j'écoutais ; la même voix encore :
« Regarde l'homme riche , un chancre le dévore ,
Ce chancre est le remords , ou sinon c'est l'ennui »
Et je vis , un mal sourd s'accroupissait sur lui.
Bonheur, être charmant que voile le mystère ,
Es-tu donc , m'écriai-je , enfant de cette terre ?
Serais-tu dans l'amour ? es-tu dans l'amitié ?
Présents qu'à l'homme un Dieu jeta dans sa pitié !
Amitié, fleur du ciel, sublime enchanteresse ,
Tu promets le bonheur , ah ! tiens-tu ta promesse ?
Amour , la tiens-tu, toi qu'en ses rêves dorés
La vierge voit fidèle à ses pieds adorés ?
Et voici , j'aperçus comme deux sensitives ,
Ma main s'en approchait , mais leurs feuilles craintives
Soudain se resserrant , trahissaient le désir ,
Fuyaient , trompaient la main qui les croyait saisir.
Le spectacle changea : balancés sur leurs ailes
Deux fils de l'air semblaient jeter des étincelles;
Le regard ébloui de vos vives couleurs ,
Je m'élançai vers vous , aériennes fleurs ;
Bien long-temps je courus une course inféconde,
Bien long-temps me joua votre aile vagabonde,
Mystérieux oiseaux , car , prenant votre essor
Et soudain l'abattant pour le reprendre encor,

Devant mes yeux charmés vous repassiez sans cesse,
M'effleurant en passant comme d'une caresse ;
Enfin, comme un enfant qui voit deux papillons
Voltiger côte à côte, au-dessus des sillons,
Les laisse se poser sur les fleurs les plus belles,
Puis s'élance éperdu, les saisit par leurs ailes ;
Ainsi je vous saisis, symboles du Bonheur,
(O fils de l'air, pour moi vous l'étiez) mais, douleur !
De mes doigts, frémissants de désir et de crainte,
Vous avait offensés la convulsive étreinte :
Toi qui m'avais charmé, beau papillon d'amour,
Quand tu réfléchissais les doux rayons du jour,
De ton éclat divin mes mains étaient souillées
Et de leurs plumes d'or tes ailes dépouillées ;
Et je vous avais, vous, étouffée à moitié,
Fleur de l'air, où mon cœur reconnut l'amitié,
Mais qui, pour l'œil mortel, au colibri pareille,
Sembliez d'autres cieux la vivante merveille.
O Dieu ! si j'avais pu ranimer sous mes pleurs,
Amour désenchanté, l'éclat de tes couleurs !
Amitié, si mon ame, à vous plaire asservie,
Par des soins délicats réchauffant votre vie,
N'avait point eu sans cesse à trembler pour vos jours !
Mais en vain je pleurais, et je tremblais toujours.

Seigneur ! Seigneur ! criai-je, ainsi dans la nuit sombre,
Brisé par la tempête, un navire qui sombre,
Jette un long cri d'effroi par la voix du canon ;
Les matelots tremblants invoquent ton saint nom,
Dame de Bon Secours, qui chasses la tempête,
Quand, la mort sous les pieds et la mort sur la tête,
L'effroi pieux t'appelle à l'heure du danger.
Donc, dans le doute affreux qui m'allait submerger,
Mon cœur cria vers Dieu, le grand tout, l'être immense,
Abîme où tout finit, abîme où tout commence,
Et mon esprit nageait dans son immensité,

Comme le monde en lui, lui dans la vérité,
Et de deux voix en moi j'entendais l'harmonie,
Car mon ame parlait comme avec un Génie.
Seigneur! Seigneur! criai-je, où donc est le Bonheur ?
Eclaire, Etre éternel, les désirs de mon cœur ;
Puisque tu mis dans l'homme une soif dévorante,
Tu mis sans doute auprès une eau rafraîchissante !
Elle ne peut tromper, Etre vrai, cette voix
Qu'en nous vers le Bonheur tu fais crier ; mais vois :
L'homme en ton sein puisa, quand il y prit son être,
Le cœur fait pour aimer, l'esprit fait pour connaître.
Vois comment sont payés les généreux élans,
Quels regards secs et froids glacent les cœurs brûlants ;
Vois l'envie enlacée à l'arbre de science
Salir de son venin les fruits d'intelligence ;
Vois !... Mais l'esprit de Dieu : « Dans l'abîme éternel
Tous les temps sont un temps ; pour l'être universel
L'homme isolé n'est rien qu'un anneau d'une chaîne,
Qu'un des glands ébauchés qui germent sur un chêne,
La fraction d'un tout. Naissante humanité,
Grandis, crois, a dit Dieu, pour la félicité.
Aussi l'humanité, comme une chrysalide,
Travaille à dépouiller son écorce livide
Et déjà montre au jour son aile nue encor
Que bientôt va couvrir une parure d'or ;
Sa transformation déjà, déjà s'achève ;
Vers le bonheur, son ciel, je la vois qui s'élève ;
Elle y plane, elle y nage, ainsi que dans l'éther
Nagent les sphères d'or et les oiseaux dans l'air ;
Et, (car ce qui pour toi dans l'avenir repose
Est présent pour mon œil devant qui toute chose,
Livre mystérieux où l'homme ne lit point,
Se déroule à la fois, se concentre en un point,)
Sur son aile je vois chaque homme qui s'élance,
Et de bonheur s'enivre à l'immortelle essence ;
Mais nul ne pourra boire à la félicité

Si, prenant son essor, n'y boit l'humanité. »
Et l'Esprit se taisait , mais voyant qu'en mon ame ,
Ainsi qu'en une plaie on retourne une lame ,
Le doute retournait son glaive à deux tranchants ;
L'œil fixé sur mon cœur , il reprit ses doux chants :
Homme, pourquoi dis-tu : seul , je vaux tout un monde ,
Branche, peux-tu vouloir que la sève t'inonde ,
Quand l'arbre qui te porte, aujourd'hui mort aux yeux,
Pour que son tronc verdisse , appelle l'eau des cieux ,
L'eau des cieux et les sucs qui font germer la terre ?
Pourquoi dis-tu : j'ai vu brillante et solitaire ,
Sur un tronc sans parure , embaumer par ses fleurs
Une branche enrichie aux dépens de ses sœurs.
Oh ! si tu pouvais voir sous la trompeuse écorce
Les principes mauvais qui corrompent sa force ,
Comme sa sève est âcre, et sous l'aubier qu'il mord
Quel poison corrodant fait circuler la mort !
Homme , jette les yeux sur les hommes , tes frères ;
Quel spectacle de deuil ! l'aspect de leurs misères
Peut-il frapper tes sens , sans ébranler ton cœur ?
Peut-on voir la souffrance et goûter le bonheur?
Le Bonheur c'est l'amour qui donne et qui pardonne ;
C'est la sérénité qui dans le cœur rayonne ;
C'est la paix qui s'endort d'un calme et doux sommeil ,
Sûre du pain dont Dieu bénira son réveil;
C'est la concorde sainte , aux danses harmoniques ,
Aux chœurs comme les chœurs des sphères séraphiques;
De la terre et des cieux c'est l'ineffable hymen :
L'humanité marchant en se donnant la main.
Or , regarde et réponds : Quel riche dans son ame
De la sérénité nourrit la douce flamme ?
Quel pauvre est toujours sûr du pain de chaque jour ?
Où vois-tu la concorde ? où la paix ? où l'amour ? » —
L'esprit toucha mes yeux et mes yeux s'éclaircirent ;
Comme les choses sont , telles mes yeux les virent ,
Et sans prisme et sans ombre et sans pâle milieu ,

Telles qu'en lui les voit, dans leur essence, Dieu.
Je vis comme deux camps, l'un étroit, l'autre immense;
Mais dans le camp étroit, les trésors d'opulence,
La pompe des plaisirs, les richesses des arts
Aux regards étonnés s'offraient de toutes parts.
Dans tous les yeux brillait une fébrile joie.
« A nous l'or, à nous tout; à nous les lits de soie,
Les parcs; à nous les arts : cadence aux sons joyeux,
Marbre et toile enchantés qui respirent aux yeux;
A nous les beaux chevaux, à la fine encolure;
A nous la meute ardente, à la narine sûre;
A nous les tièdes bains, les parfums d'Orient;
Les couronnes de fleurs, qu'on effeuille en riant,
A nous les voluptés et leur brûlante ivresse;
A nous les voluptés et leur douce mollesse;
A nous l'or, à nous tout. Oh ! nous sommes heureux. »
Mais un long cri plaintif, sourd comme un râle affreux,
Puissant comme la voix d'un peuple qui murmure,
Dans leur bonheur riant tombait et, goutte impure,
Corrompait la douceur de leur coupe de miel;
Cette goutte suintait d'une coupe de fiel :
La coupe des sueurs que paie un vil salaire
Et des larmes de sang qu'arrache la misère,
Coupe, hélas ! d'amertume, où l'autre camp buvait.
N'importe, de plaisirs l'heureux camp s'abreuvait.
« Délices des festins, épanchez dans nos veines
L'oubli des vains soucis et des alarmes vaines;
Nous, nous ! tout pour nous seuls ! vivons, vivons pour nous !
Que la race qui sert use ses vils genoux;
Que sur son dos qui plie, à nos pieds elle apporte,
Les sucs vifs qui du goût réveillent l'âme morte,
Les mets qui, faits par l'art source d'esprits puissants,
Font circuler la vie et l'ardeur dans les sens;
Les vins surtout, les vins d'où jaillit l'allégresse,
D'où les joyeux propos, hardis comme l'ivresse.
Pour charmer nos palais, qu'elle épuise les airs;

Qu'elle épuise et les airs et la terre et les mers , »
Et je vis qu'il entrait comme des formes d'homme
Et mon regard les prit pour des bêtes de somme ,
Car ces hommes marchaient courbés sous l'aiguillon ,
Et des fardeaux leur chair montrait le noir sillon.
Des faix courbaient leurs reins, faix lourds comme des môles·
Et voilà tout-à-coup qu'inclinant leurs épaules
Et pliant leurs genoux , ils laissaient de leurs dos ,
Sur un signe , glisser les irritants fardeaux :
Les faisans parfumés , les palpitantes oies
Dont la graisse qui bout est tombée en leurs foies ;
Les fastueux brochets , les cerfs dont les gros pleurs
N'ont pas apitoyé le couteau des chasseurs ;
Les carpes , que le fer va râcler bondissantes
Et qui se débattront dans des vagues bouillantes ;
Les vins pris dès long-temps à leurs coteaux vermeils ,
Muris sous tous les ciels , cuits sous tous les soleils ;
Les succulents homards , les dattes onctueuses ;
Les truffes , d'âpre ardeur sources voluptueuses ;
Tous les sucs , tous les fruits qu'avides de plaisir ,
Peut savourer le goût , peut rêver le désir.
Et, par enchantement, mets et vins sur les tables
Se dressaient et jetaient leurs fumets délectables ,
Et sous la main de l'art tous ces mets avaient pris
Les formes dont l'appât charme les sens surpris.
Et l'heureux camp buvait , mangeait ; buvait des larmes,
Se gorgeait de sucs d'homme et laissait les alarmes ,
Les alarmes de mort , les alarmes sans fin
Aux esclaves courbés qui murmuraient : j'ai faim ;
On les chassait. « Dehors , race toujours chagrine ,
Tu nous as de nos blés apporté la farine ;
Eh ! n'as-tu pas ta part ? il te reste le son. »
Et ces hommes sortaient, et comme un double son
Se bat dans le conflit de deux vagues grondantes,
En leurs âmes deux voix se choquaient , discordantes ;
« Leurs blés ! oh ! oui , les blés leur appartieunent bien,

La terre qui les donne, ils l'ont; nous n'avons rien.
Mais la terre est stérile avant qu'on la féconde;
Sa sève, qui sans l'art se perdrait vagabonde,
C'est le travail puissant, lui seul, qui la conduit;
Père des biens (pour eux) le travail seul produit,
Et quel autre que nous travaille? » — Et d'âpres plaintes
Grondaient, et s'étendant comme un réseau de craintes,
Oppression d'effroi, cauchemar prolongé,
Enveloppaient le camp dans les festins plongé.
Les heureux, écoutant à travers leur ivresse,
Croyaient ouïr le glas de la mort vengeresse;
Il leur semblait se voir dans une vieille tour
Que des flots en fureur ébrèchent nuit et jour;
La tour allait crouler sous l'attaque incessante,
Ils croyaient voir déjà de la mer rugissante
Dans les murs crevassés la vague affreuse entrer
Et s'élancer vers eux, prête à les dévorer.
Et leurs membres crispés tremblaient d'un choc fébrile;
« Loin les folles terreurs! Danse, à la marche agile,
Mêle tes pas joyeux; élargissez nos sens,
Cordes où l'air s'anime en magiques accents;
Tourbillon de plaisir, où tout l'être se noie,
Prends-nous, Valse rapide, et dans l'air qui tournoie
Roule-nous haletants, de parfums enivrés
Et d'haleines de femme en nos os pénétrés. »
Et je voyais passer leurs danses furieuses,
Et sous l'archet savant des voix harmonieuses
Chantaient; sein contre sein, les tourbillons volaient;
Sous le contact fiévreux les désirs se gonflaient;
Dans des flots d'harmonie et des flots de lumière,
Ils roulaient, ils roulaient; et comme une lisière
Mène et soutient l'enfant dans ses trébuchements,
La cadence menait les hardis mouvements;
Et comme saute et rit la joyeuse Sicile
Sur ses rocs calcinés que voile un sol fertile,
Etourdis par leur bruit, ils ne se troublaient pas

Du volcan menaçant qui grondait sous leurs pas ;
Le cratère déjà jetait , jetait des laves ,
Car l'autre camp criait : « Ne soyons plus esclaves.
Secouons les tyrans qui se sont mis sur nous ;
Ne sommes-nous pas las de courber les genoux ,
De baiser les talons qui brisent nos poitrines ,
De nous donner en proie à leurs lâches rapines ,
De nous faire valets de ces valets dorés ,
Tyrans sous des tyrans , gens d'opprobre altérés ?
Ils tourmentent leur or en tous sens ; les infâmes !
Ils en trouvent pour tout : pour séduire nos femmes ,
Avant que la misère ait flétri leurs couleurs ,
Nos filles , avant l'âge où la vie est en fleurs ;
Pour avoir de grands chars qui nous jettent des boues ,
Qui passent sur nos corps avec leurs quatre roues ;
Pour avoir de bons mets et des repas sans fin ,
Dont l'odeur excitante irrite notre faim ;
Pour avoir de beaux bals , où leurs ombres parées
Dansent sur les carreaux de leurs vitres dorées ;
Pour avoir tout , nous rien ! c'est horrible à penser !
Vengeance ! tant de maux doivent enfin cesser :
Lançons , lançons au front de nos ignobles maîtres
Les tronçons des lourds fers que nous ont faits les traîtres.
Que pouvons-nous avoir à craindre que la mort ?
Mourir n'est rien : souffrir est tout pour l'homme fort.
Ah ! ce que nous souffrons passe toute mesure !
Nos tout petits enfants sont couchés sur la dure ;
Leurs mères , qui de faim se sentent dépérir ,
Ne forment pas de lait assez pour les nourrir ;
Les pauvres innocents , ils sucent un sein vide !
Et nos pères , ô Dieu ! traînante , au teint livide ,
Sur eux la lente mort incessamment s'abat ;
Ces vieillards sont sans pain , gisants sur un grabat;
Sans pain , quand les tyrans que nos sueurs engraissent
Le jettent , ce bon pain , à leurs chiens qui le laissent!
O misère ! sortons de cette abjection ;

Esclaves abattus, dressons-nous nation ! » —
Et des hommes souffrants le camp courait aux armes,
Et les armes manquaient et les sombres alarmes
Sur les fronts s'étendaient, nuages d'un ciel noir ;
Mais tout-à-coup brilla le vif rayon d'espoir :
« Aux armes ! nous avons les pavés, l'eau bouillante,
Nos grabats, les bâtons, l'énergie assaillante,
La sainte Liberté mortelle à l'oppresseur,
La Justice indomptable et la Force leur sœur ;
Aux armes. » A ce cri, les puissants s'effarèrent
Les frissons glacials dans tous leurs os errèrent ;
Ils sentirent la nuit sur leurs yeux s'épancher ;
On eût dit que la mort venait de les toucher ;
Puis tout passa : domptant l'effroi qui les oppresse,
Leur œil, miroir trompeur, refléta l'allégresse :
« Armons leurs fils séduits ; nous conduirons leurs bras.
— Soldats ! à vos drapeaux ! terrassez ces ingrats :
L'honneur parle, marchez, la victoire a des charmes !
Marchez contre ces gens en désordre et sans armes ;
Ils provoquent la mort ; qu'ils l'aient ! ils sont beaucoup,
Tant mieux ! vous les pourrez exterminer d'un coup. »
Et ce fantôme affreux qu'on appelle la Gloire
Parant l'assassinat des traits de la victoire,
Les soldats éblouis se rangeaient sur trois rangs
« Arrêtez, arrêtez : Dieu ! ce sont vos parents !
Criait une voix sainte, enfants, ce sont vos pères !
Pères, ce sont vos fils ! frères, ce sont vos frères !
Puissants, pourquoi pousser les faibles au combat ?
A chaque homme qui meurt votre force s'abat.
Tous ces bras mieux nourris produiraient davantage,
Vous n'en seriez pas moins arbitres du partage.
Sur les Petits, ô Grands, vous avez plusieurs pas ;
Ils courraient, jusqu'à vous ils n'arriveraient pas,
Du grand corps social vous resteriez la tête :
En élevant la base on élève le faîte. » —
Cette voix dans les airs sans écho se perdait ;

Hors les cœurs purs et droits , nul cœur n'y répondait ,
Et ces ames de choix que la douleur consume ,
Dans un lent désespoir , se navraient d'amertume.
« Serrez vos rangs, marchez sur ce troupeau brutal ! » —
« O puissants aveuglés ! l'homme à l'homme est égal !
A tous un même sang circule dans les veines.
Chimères de l'orgueil , vos prétentions vaines
Vous ont fait oublier d'où vous êtes partis ;
Du peuple méprisé vous êtes tous sortis.
Gloire au Peuple ! » Ces mots , il me semblait les lire :
Ceux qui les prononçaient me semblaient les écrire
En symboles brûlants , en signes enflammés ,
Car d'une épée ardente ils écrivaient armés.
Le camp reçut ces mots par de sombres murmures :
« Mort aux brigands! criaient, bien haut, des voix impures
Des voix de gens hideux , aux puissants inconnus ,
Dans le camp des puissants tardivement venus ,
Tant chargés, tant parés de dépouilles sanglantes
Prises sur le malheur , misères opulentes ;
« Mort aux brigands , le peuple est un tigre , il meurtrit
Même sous les barreaux , la main qui le nourrit :
—« Oui, répartaient des voix, quand au fond de sa cage
Vos aiguillons sanglants vont irriter sa rage
Et déchirant ses chairs , font rugir sa douleur. »
— « Voici le jour brillant qu'appelait la valeur ,
Soldats. » Ils avançaient au son de la fanfare,
Mais comme tout-à-coup l'ardent coursier s'effare
A l'aspect du danger qui barre son chemin ,
Et de son cavalier repousse loin la main ,
L'effroi glaça leurs sens à l'aspect de leurs frères ,
Sous un autre étendard et dans des rangs contraires.
« Frères , leur criait-on, ne nous égorgez pas.
Par pitié dans vos mains retenez le trépas.
En nous hâtant à tous de tristes funérailles ,
Ne comblez pas de deuil celles dont les entrailles
Dans un plus doux espoir , frères , nous ont portés ,

Et dont le sein vous a , comme nous , allaités. »
— Et, quand saignaient leurs cœurs qui semblaient im-
passibles :
« Voulez vaincre , soldats, vous êtes invincibles,
Vos ennemis sont là, faites votre devoir. »

— Assez ! criai-je, assez ! oh ! je ne veux pas voir
La mort exterminant le frère par le frère
Etendre sur le monde un crêpe funéraire !
Loin l'aspect du carnage ! assez ! assez, Seigneur !
Le monde est un cadavre où s'abat le malheur !
— « Pour un temps, dit l'Esprit, car, flamme au ciel ravie,
Au jour que Dieu connaît , y descendra la vie ;
Dieu soufflera l'amour dans ces membres glacés
Et le cadavre éteint des vieux siècles passés
Vivant se dressera. Vois et crois. » — O miracle !
Devant mes yeux charmés quel ravissant spectacle
Se déroba ! Je vis comme un monde nouveau :
Sur les hommes l'amour étendait son niveau ;
Plus de rangs ennemis , plus de drapeaux contraires
On n'était pas égaux , mais on était tous frères
Le fort aidait le faible et dans un saint hymen
La vertu , le bonheur se tenaient par la main.
Le bonheur n'était point la source solitaire
Où le pâtre égaré tout seul se désaltère ;
C'était le fleuve immense, aux flots précipités
Qui , baignant les hameaux et baignant les cités
A des peuples lointains porte ses eaux fécondes ,
Et semble un pont jeté pour rattacher deux mondes.
Tous ensemble y puisaient; tous heureux, chaque cœur,
Ardent miroir, de tous répétait le bonheur.
Tous ils chantaient : « Béni soit le Dieu de nos ames !
Car , abaissant les cieux , sur ses ailes de flammes
Du sein de l'éternel l'amour est descendu
Et, devant sa chaleur , notre glace a fondu.
Et tous nous sommes un, tous rameaux d'un grand chêne,

Tous membres d'un seul corps, tous anneaux d'une chaîne,
Nerfs vibrants d'un grand luth , de force différents ,
Egaux par l'union , Dieu disposa nos rangs ;
Mais faibles , forts , chacun , corde aux cordes unie ,
Produit sa part de son dans la grande harmonie ,
Et Dieu , la vie en nous , écoute avec amour
Le concert que nos cœurs élèvent nuit et jour »

— « Espère, dit l'Esprit, les temps heureux sont proche ;
Les eaux vives long-temps se cachent sous la roche :
La roche se déplace et l'eau pure jaillit ;
Le papillon léger dont l'air s'énorgueillit
Fut caché bien des jours sous la larve immobile ;
De fleur en fleur , regarde , il fuit d'une aile agile.
O mortels engourdis par un pesant sommeil
Du brillant papillon vous aurez le réveil ;
Le bonheur vous attend, vous n'en voyez que l'ombre ;
Mais le soleil levant chassera la nuit sombre.
Oh ! ne vous perdez plus après les feux errants
Dont la lueur entraîne aux gouffres dévorants.
Le Passé sur ces feux a dirigé sa route
Il a trouvé l'abîme et du crime et du doute ;
Cherchez la vôtre au ciel. »— Mais le Passé , Seigneur,
D'un bonheur qui n'est plus jette encor la splendeur !
Qui nous rendra l'éclat de Tyr , de Babylone ,
Et votre liberté , Rome , Lacédémone ? »
— « Faux éclat, dit l'Esprit, et fausse liberté :
Sur son dos, ô pitié ! le peuple avait porté
Ces pierres de granit, monts au faste sauvage ;
Sous cette liberté gémissait l'esclavage :
Pauvre troupeau courbé que la verge frappait ,
Aux pieds de quelques Grands l'humanité rampait ;
Mais , comme les écueils — des forçats à la gêne ,
En brisant le vaisseau , brisent aussi la chaîne ,
L'homme a repris l'essai de ses membres meurtris
Quand des empires morts il foula les débris.

Oh ! vois , toujours porté par le fleuve des âges ,
L'homme avancer toujours sous le choc des orages.
Remonte le passé , dit Dieu. L'humanité
C'est un vaisseau rameur que dès l'éternité
Vers le bonheur , son port , pousse un bras invisible
Sur les flots d'un torrent rapide , irrésistible.
Mais le torrent s'allonge en replis sinueux ,
Déroulant ses anneaux comme un serpent noueux ,
Par intervalle il jette aux yeux de l'équipage
Le spectacle fuyant d'un tournoyant rivage ,
Et le désir qui crée y voit des prés menteurs ,
Habillés de verdure et parfumés de fleurs.
Or , au commencement une voix cria : Terre ,
Et comme un grand écho , comme un bruyant tonnerre,
Le cri terre gronda , mugi par mille voix ,
Et tous les matelots , s'agitant à la fois
S'épuisaient à tourner vers la plage mobile ,
De sueur ruisselants , le navire indocile ,
Quand au timon soudain un homme aux larges os
S'assied ; ses bras raidis brisent l'effort des eaux ;
Il commande , à l'instant les rames abaissées
Ont plongé d'un seul bond , d'un bond sont redressées ;
Mais le fleuve indompté dont ils forçaient le cours
Vers le port ignoré les entraînait toujours.
Le maître tonne encore , et les marins fidèles
Du vaisseau qui s'incline ont replié les ailes ,
Et le vaisseau luttant comme un puissant nageur ,
De ses deux rangs de bras fend les flots , et , vainqueur ,
Se balançant sur l'onde , il va toucher la plage.
Mais l'esprit du très-haut soufflait , et le rivage
Pointe de terre aiguë , à l'instant dépassé ,
Décroît , fuit comme un plomb qu'un chasseur a lancé,
Loin du timon le maître , ardent, se précipite
Et contractant ses nerfs que la fureur agite ,
Saisit l'ancre ; en vos jours où les corps sont cassés ,
Vingt mortels sous ce poids crouleraient affaissés ,

Lui, sauvage géant à qui l'âpre nature
De force armait les reins comme d'une ceinture,
Il la rue et du fleuve ont mugi les flancs sourds,
Mais la terre toujours marchait, fuyait toujours.
A cet aspect frémit l'équipage ; ainsi gronde
L'âpre chien qui se voit enlever l'os immonde
Qu'en sa faim palpitante il dévorait des yeux,
L'espoir trompé déborde en transports furieux,
La menace rugit. Le maître alors, terrible,
Retournant sur sa tête une barre inflexible
Frappe, disperse, écrase. A flots le sang coula,
Sous tous les traits hideux la mort se déroula,
Car voilà que les forts affamés de carnage
A la rage du maître associaient leur rage ;
« Pitié ! Pitié ! » criaient les matelots tremblants :
Maître et forts abaissaient sur eux leurs bras sanglants.
La nuit tomba, la mort retint ses cris funèbres ;
La perfidie alors glissa dans les ténèbres ;
Un des forts s'approcha du maître qui dormait,
Du sang coula dans l'ombre, et le matin ramait,
Sous un maître nouveau, l'équipage : « Amis, terre !
Le port est là, voyez ! » Ainsi qu'un cimeterre
Incline sa longueur en un cintre douteux,
La côte qu'ils voyaient se courbait devant eux ;
A cette vue, ardents, les marins sur leurs rames
Se dressaient et des flots brisaient les hautes lames ;
Sous leurs coups redoublés le torrent gémissait,
Tout autour du vaisseau la vague blanchissait.
« Gloire au maître ! » ils voyaient décroître la distance
Et la côte s'étendre en une ligne immense ;
Ils y touchaient ; mais Dieu sur l'abîme souffla
Et dépassée encor, la plage s'envola.
Brisé d'efforts perdus, terrible, l'équipage
Vers la terre qui fuit jette un long cri de rage.
Ainsi quand le plaisir, cette volante fleur,
Ce brillant fils de l'air qu'on prend pour le bonheur

S'abat devant l'enfant qu'éblouissent ses ailes
Où se mire l'amour aux splendeurs infidèles,
L'enfant, tendant les bras, s'efforce de saisir
Cet oiseau qu'embellit le prisme du désir ;
Mais si toujours, par bonds, reprenant sa volée,
L'oiseau s'abat plus loin, l'ame cède essoufflée.
« Ferme, en avant ; » le maître en vains cris se perdait ;
Tumulte aux mille voix, la révolte grondait ;
Les forts, seuls agités comme des flots mobiles,
Fluctuaient incertains. Le maître en mots habiles
Leur parla. Tout-à-coup : « Nous ne ramerons plus,
Gloire au maître, sous lui nous serons absolus. »
Et voici, comme un tigre en des flots de sang nage,
Les hommes forts semaient la mort et le carnage.
Puis le maître cria. « Perfides, à genoux !
(Et quand priait la peur,) Votre vie est à nous
Mais nous vous pardonnons, vivez ! » Il fit un signe,
Et soudain de lourds fers, dont la rage s'indigne,
Rivèrent à leurs bancs les marins malheureux.
Depuis ce jour de deuil la peine fut pour eux :
Mais si toujours liés ils rament sous la crainte,
Le temps de leurs liens a relâché l'étreinte;
Le navire commence à deviner le port,
Car un jour qu'ils luttaient pour conquérir le bord
Et que les yeux ardents dévoraient le rivage,
Une voix s'écria: « Cette côte est sauvage.
La misère l'habite et la destruction,
Vous y mourriez, mais, père, à la déception
Voyez, Dieu nous arrache; une force invisible
Nous entraîne, le vent nous chasse irrésistible.
Pourquoi lutter en vain ? le port est en avant,
Dieu souffle, ouvrons nos cœurs et les ailes au vent. »
Cette voix dans les cœurs ranima le courage :
Une voile s'enfla ; mais comme le mirage
Dans l'aride désert montre de joyeux flots,
Souvent la côte encor séduit les matelots.

Espère , un temps est proche où , l'œil sur les étoiles ,
Du navire , le maître ouvrant toutes les voiles ,
Ne l'inclinera plus vers l'un ni l'autre bord ,
Et porté par le fleuve , entrera dans le port.
Et toi dont l'ame pleure , avant que Dieu t'appelle
Pour te faire subir une phase nouvelle ,
Tes regards salueront ce port tant désiré
Crois , espère au Seigneur. » — Je crus et j'espérai.

FIN.